The Koala Bounces Back

To the one and only Jinksy. JT

For my niece Kayley, who adds a bounce
to all her family. EL

A Random House book
Published by Random House Australia Pty Ltd
Level 3, 100 Pacific Highway, North Sydney NSW 2060
www.randomhouse.com.au

First published by Random House Australia in 2011

Addresses for companies within the Random House Group can be found at
www.randomhouse.com.au/offices.

National Library of Australia
Cataloguing-in-Publication Entry

Author: Thomson, Jimmy
Title: The koala bounces back / Jimmy Thomson; illustrator Eric Löbbecke
ISBN: 978 1 74275 007 1 (hbk.)
ISBN: 978 1 74275 008 8 (pbk.)
Dewey number: A823.3

Cover and internal design by Anna Warren, Warren Ventures
Typeset in 20/28pt Berkeley Oldstyle Medium by Anna Warren, Warren Ventures
Printed and bound by Midas Printing

10 9 8 7 6 5 4 3 2 1

The Koala Bounces Back

Jimmy Thomson

Illustrated by Eric Löbbecke

RANDOM HOUSE AUSTRALIA

All is peaceful in Karri's Corner. There are no cars or trucks, or men with dogs or saws for cutting down trees. It's Karri the bouncing koala's home – a thank-you for saving some children from a fire and a safe place for him and all his friends.

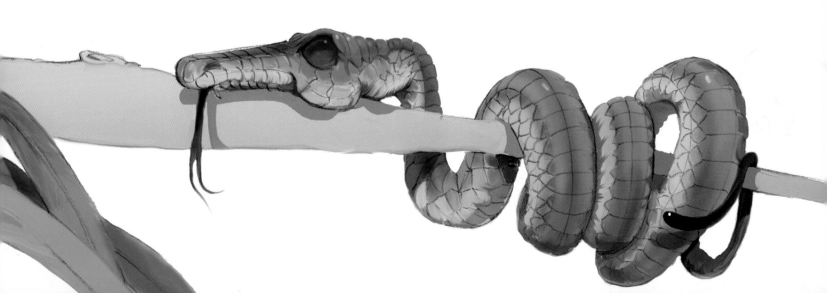

ut nobody told the cats. A gang of
moggies has moved into the bush and
now all the small animals and birds are frightened
for their lives.

'Tell them to go away,' a parrot pleads with Karri.

'This is our bush,' says a bilby. 'The cats chase us. And sometimes they catch us!'

Karri bounces off
to talk to the cats.
'I'm sorry,' he says,
'but you're scaring my
friends. You can't stay
here. You have to go.'

'Where can we go?' says Jinksy, their leader. 'We were family pets until our owners dumped us. It's not our fault we've got nowhere to live.'

'Couldn't you eat leaves and twigs and flowers, like us?' asks Karri softly. 'Then you could stay.'

'We are cats. We don't eat twigs,' says another cat gruffly. 'And I'll fight you, bouncy boy, if you try to make us go.'

'Fighting doesn't solve problems,' says Karri, 'it just makes them worse.'

Scar, the owner of the gruff voice, growls but he knows it's true. 'Anyway, big nose, you can't make us go, so there,' he says.

'People don't like dogs and cats living in the bush,' says Karri. 'They catch them and take them away. If we show them where you're hiding . . .'

'Cat prison,' hisses Scar. 'I'm not going back there.'

'Okay,' Jinksy says to Karri, trying to calm everyone down. 'How about you play us at football? If you lose, we can stay. If we lose, we'll find a new home.'

Karri agrees . . . then remembers he doesn't know anything about football.

Even so, when the bush animals get together to play, they look okay. Emus and kangaroos are strong and tall in attack. Cassowaries are big and fierce defenders. Wallabies are small, nimble and fast. Wombats never give up. And Karri the bouncing koala is great in goal.

*B*ut the cats are very, very good. They play every day. Soon Karri is bouncing all over the place keeping the ball out of his team's goal.

Karri's getting tired and he knows that the cats are bound to sneak a goal past him sooner or later. His friends, however hard they try, can't get near the cats' goal. What's he going to tell the birds and bilbies when they lose?

 hen something wonderful happens. It starts to
 rain – and house cats hate rain. The cats start
running for shelter wherever they can find it. Karri
scores a goal, and the bush animals have won.

All the birds and bilbies and all of Karri's other feathered and furry friends are happy. Karri is a hero again.

But Jinksy is worried. He doesn't know where
the cats will go.

'I'll come along and help you find a new home,' says
Karri, although he can't imagine where that might be.

So they set off together to look. But no one in the bush wants cats moving in. Karri and Jinksy are about to give up when Scar smells something . . . a barbecue.

Karri bounces to the top of a tree and sees a place full of people. Their houses are nice and their gardens are neat but they don't seem very happy. He tells Jinksy and Scar to climb up too.

'People,' says Karri. 'We'd better stay away.'

inksy and Scar disagree.

'We're not bush animals. We need to be warm and dry,' says Jinksy. 'We like people and people like us. We prefer scraps and leftovers to furry and feathery food.'

Even Scar agrees.

So one by one the cats move into their new home. At first they get food scraps from bins and sleep under the houses. But when the grandpas and grandmas in the village get to know them, the cats soon become their pets.

Scar even gets a job guarding the veggie patch from rabbits. And every so often children come to visit. They love having cats to play with.

And some nights, when everyone is asleep, Karrie leads his team to the village and they play the cats at football. Karri doesn't mind if they win or lose – but he always makes sure there's a cloud in the sky . . . just in case.

YEH-HSIEN

retold by Dawn Casey

illustrated by Richard Holland

Turkish translation by Talin Altun Suzme

Mantra Lingua

Eski yazılarda anlatıldığı gibi, geçmiş zamanda Çin'in Güneyinde, Yeh-hsien adında bir kız yaşarmış. Çocukluğunda bile akıllı ve iyi yürekliymiş. Büyürken çok büyük acılar çekmiş, çünkü önce annesi ve daha sonra da babası ölmüş. Yeh-hsien'e üvey annesi bakmış.

Ama üvey annesinin kendi kızı varmış ve Yeh-hsien'e verecek sevgisi yokmuş. Ona zar zor bir lokma yemek verir ve eski püskü elbiseler giydirtirmiş. Yeh-hsien'i ateş için ormanın en tehlikeli köşelerinden odun toplamaya ve en derin pınarlardan su çekmeye zorlarmış. Yeh-hsien'in sadece bir tane arkadaşı varmış…

Long ago in Southern China, so the old scrolls say, there lived a girl named Yeh-hsien. Even as a child she was clever and kind. As she grew up she knew great sorrow, for her mother died, and then her father too. Yeh-hsien was left in the care of her stepmother.

But the stepmother had a daughter of her own, and had no love for Yeh-hsien. She gave her hardly a scrap to eat and dressed her in nothing but tatters and rags. She forced Yeh-hsien to collect firewood from the most dangerous forests and draw water from the deepest pools. Yeh-hsien had only one friend…

…kırmızı yüzgeçleri ve altın gözleri olan minik bir balık. En azından Yeh-hsien onu ilk bulduğunda minikmiş. Ama balığını yemek ve sevgi ile beslemiş ve balık da hemencecik kocaman olmuş. Onun gölcüğünü ne zaman ziyaret etse, balık başını sudan çıkartıp Yeh-hsien'in yanında, gölün kıyısında dinlenirdi dinlenirmiş. Kimse onun bu sırrını bilmiyormuş. Taa ki bir gün üvey annesi kızına: "Yeh-hsien pirinç tanelerini alıp nereye gidiyor?" diye sorana kadar!

"Neden onu takip etmiyorsun?" diye önermiş kızı, "belki nereye gittiğini öğrenirsin."

Üvey anne bir kamış yığının arkasına saklanmış ve bekleyip seyretmiş. Yeh-hsien'in gittiğini görünce, elini göle daldırıp içinde çırpmaya başlamış. "Balık! Balıık!" diye mırıldanmış. Ama balık suyun altında, güvende beklemiş. "Perişan yaratık," diye lanetlemiş üvey anne. "Seni yakalayacağım…"

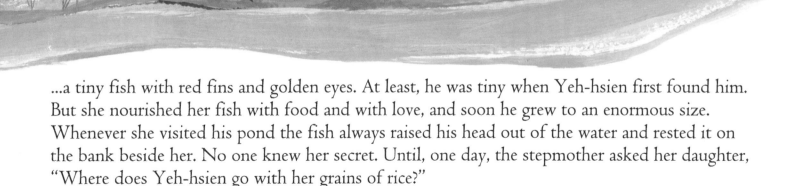

…a tiny fish with red fins and golden eyes. At least, he was tiny when Yeh-hsien first found him. But she nourished her fish with food and with love, and soon he grew to an enormous size. Whenever she visited his pond the fish always raised his head out of the water and rested it on the bank beside her. No one knew her secret. Until, one day, the stepmother asked her daughter, "Where does Yeh-hsien go with her grains of rice?"

"Why don't you follow her?" suggested the daughter, "and find out."

So, behind a clump of reeds, the stepmother waited and watched. When she saw Yeh-hsien leave, she thrust her hand into the pool and thrashed it about. "Fish! Oh fish!" she crooned. But the fish stayed safely underwater. "Wretched creature," the stepmother cursed. "I'll get you…"

Aynı gün, daha sonra, üvey anne Yeh-hsien'e "Sen çok çalıştın!" demiş. "Yeni bir elbiseyi hakettin." Yeh-hsien'in yırtık eski elbisesini değiştirtmiş. "Şimdi git ve pınardan su getir. Acele etmene gerek yok," demiş.

Yeh-hsien gider gitmez üvey anne yırtık elbiseleri giymiş ve aceleyle göle gitmiş. Elbisesinin kolunun içine bir bıçak saklamış.

"Haven't you worked hard!" the stepmother said to Yeh-hsien later that day. "You deserve a new dress." And she made Yeh-hsien change out of her tattered old clothing. "Now, go and get water from the spring. No need to hurry back."

As soon as Yeh-hsien was gone, the stepmother pulled on the ragged dress, and hurried to the pond. Hidden up her sleeve she carried a knife.

Balık Yeh-hsien'in elbisesini görünce bir anda başını sudan çıkarmış. Üvey anne hemen bıçağı saplamış. Kocaman balık çırpınarak sudan çıkmış ve kıyıya çarparak ölmüş.

O akşam balığı pişirip servis yaparken, üvey anne, "Çok lezzetli," demiş. "Herhangi bir balıktan iki kat daha lezzetli." Ve üvey anne ile kızı, kendi aralarında, Yeh-hsien'in arkadaşını son lokmasına kadar yemişler.

The fish saw Yeh-hsien's dress and in a moment he raised his head out of the water. In the next the stepmother plunged in her dagger. The huge body flapped out of the pond and flopped onto the bank. Dead.

"Delicious," gloated the stepmother, as she cooked and served the flesh that night. "It tastes twice as good as an ordinary fish." And between them, the stepmother and her daughter ate up every last bit of Yeh-hsien's friend.

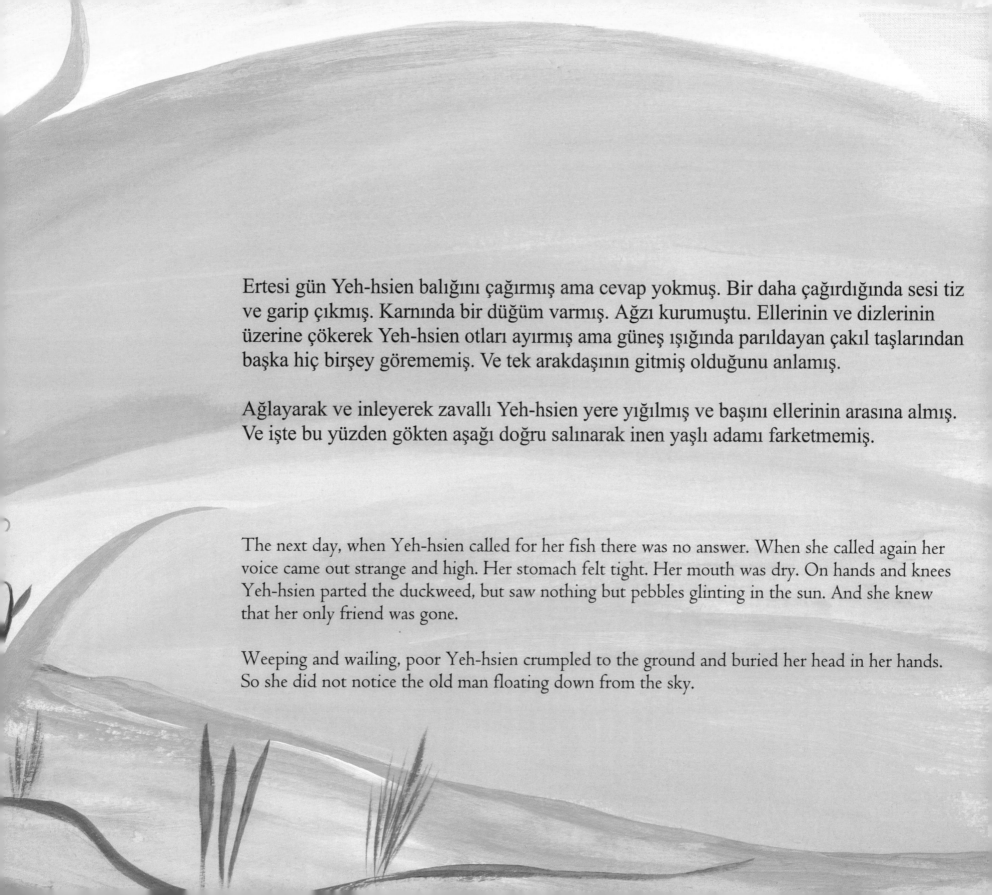

Ertesi gün Yeh-hsien balığını çağırmış ama cevap yokmuş. Bir daha çağırdığında sesi tiz ve garip çıkmış. Karnında bir düğüm varmış. Ağzı kurumuştu. Ellerinin ve dizlerinin üzerine çökerek Yeh-hsien otları ayırmış ama güneş ışığında parıldayan çakıl taşlarından başka hiç birşey görememiş. Ve tek arakdaşının gitmiş olduğunu anlamış.

Ağlayarak ve inleyerek zavallı Yeh-hsien yere yığılmış ve başını ellerinin arasına almış. Ve işte bu yüzden gökten aşağı doğru salınarak inen yaşlı adamı farketmemiş.

The next day, when Yeh-hsien called for her fish there was no answer. When she called again her voice came out strange and high. Her stomach felt tight. Her mouth was dry. On hands and knees Yeh-hsien parted the duckweed, but saw nothing but pebbles glinting in the sun. And she knew that her only friend was gone.

Weeping and wailing, poor Yeh-hsien crumpled to the ground and buried her head in her hands. So she did not notice the old man floating down from the sky.

Bir nefes rüzgar alnına dokundu, ve kızarmış gözlerle Yeh-hsien yukarıya baktı. Yaşlı adam aşağıya doğru baktı. Saçları dağınıktı ve kıyafeti kabaydı ama gözleri merhamet doluydu.

"Ağlama," dedi nazikçe. "Üvey annen balığını öldürdü ve kemiklerini gübre yığınında sakladı. Git balığın kemiklerini getir. Çok kuvvetli büyüye sahipler. Ne dilersen onu gerçekleştirecekler."

A breath of wind touched her brow, and with reddened eyes Yeh-hsien looked up. The old man looked down. His hair was loose and his clothes were coarse but his eyes were full of compassion.

"Don't cry," he said gently. "Your stepmother killed your fish and hid the bones in the dung heap. Go, fetch the fish bones. They contain powerful magic. Whatever you wish for, they will grant it."

Yeh-hsien bilge adamın söylediklerine uydu ve balık kemiklerini odasında sakladı. Arada sırada onları ortaya çıkartıp ellerinde tutardı. Avuçlarının içinde pürüzsüz ve serin ve ağırdılar. Çoğunlukla arkadaşını hatırlardı. Ama bazen de bir dilek tutardı.

Artık, Yeh-hsien'in ihtiyacı olduğu kadar yiyecek ve elbisesi, ve değerli yeşim taşı ve ay-ışığı incileri vardı.

Yeh-hsien followed the wise man's advice and hid the fish bones in her room. She would often take them out and hold them. They felt smooth and cool and heavy in her hands. Mostly, she remembered her friend. But sometimes, she made a wish.

Now Yeh-hsien had all the food and clothes she needed, as well as precious jade and moon-pale pearls.

Kısa bir süre sonra, erik ağacı çiçeklerinin kokusu ilkbaharın geldiğini haber veriyordu. İnsanların büyüklerini anmak ve genç kız ve erkeklerin kendilerine eş bulmak için bir araya toplandığı Bahar Festivali zamanı gelmişti.

"Gitmeyi ne çok isterdim," diye iç çekti Yeh-hsien.

Soon the scent of plum blossom announced the arrival of spring. It was time for the Spring Festival, where people gathered to honour their ancestors and young women and men hoped to find husbands and wives.

"Oh, how I would love to go," Yeh-hsien sighed.

"Sen?!" dedi üvey kardeşi. "Sen gidemezsin!"
"*Sen* kalıp meyve ağaçlarına göz kulak olmalısın," diye emretti üvey anne.
Böylelikle konu kapanmıştı. Daha doğrusu Yeh-hsien bu kadar kararlı
olmasaydı konu kapanmış olacaktı.

"You?!" said the stepsister. "You can't go!"
"*You* must stay and guard the fruit trees," ordered the stepmother.
So that was that. Or it would have been if Yeh-hsien had not been so determined.

Üvey annesi ve kardeşi gider gitmez Yeh-hsien balık kemiklerinin yanında diz çöktü ve bir dilek tuttu. Bir anda dileği gerçekleşmişti.

Yeh-hsien ipek bir elbise giymişti ve pelerini iskele kuşu tüylerinden yapılmıştı. Her bir kuştüyü parlak ve gözkamaşıtırıcıydı. Ve Yeh-hsien bir o tarafa bir bu tarafa hareket ettikçe, her bir kuştüyü mavinin hayal edebilecek bütün tonlarıyla parlıyordu – çivit mavisi, lapis, turkuaz ve balığının yaşadığı göle güneşin vurduğu mavi. Ayağında altın ayakkabılar vardı. Rüzgarla salınan söğüt ağacı kadar zarif, Yeh-hsien sallanarak yürüdü.

Once her stepmother and stepsister were out of sight, Yeh-hsien knelt before her fish bones and made her wish. It was granted in an instant.

Yeh-hsien was clothed in a robe of silk, and her cloak was crafted from kingfisher feathers. Each feather was dazzling bright. And as Yeh-hsien moved this way and that, each shimmered through every shade of blue imaginable – indigo, lapis, turquoise, and the sun-sparkled blue of the pond where her fish had lived. On her feet were shoes of gold. Looking as graceful as the willow that sways with the wind, Yeh-hsien slipped away.

Şenliğe yaklaşınca Yeh-hsien dansların ritmiyle yerin titrediğini hissetti. Yumuşak etlerin ve baharatlı sıcak şarabın kokusunu alabiliyordu. Müziği, şarkıları ve gülme seslerini duyabiliyordu. Ve baktığı her yerde herkes çok iyi vakit geçiriyordu. Yeh-hsien'in yüzü mutluluktan ışıl ışıldı.

As she approached the festival, Yeh-hsien felt the ground tremble with the rhythm of dancing. She could smell tender meats sizzling and warm spiced wine. She could hear music, singing, laughter. And everywhere she looked people were having a wonderful time. Yeh-hsien beamed with joy.

Herkes bu güzel yabancıya doğru dönüyordu.
Yeh-hsien'e dikkatle bakmaya çalışarak, "Kim bu kız?" diye merak etti üvey anne.
"Biraz Yeh-hsien'e benziyor," dedi üvey kardeşi kaşlarını çatarak.

Many heads turned towards the beautiful stranger.
"Who *is* that girl?" wondered the stepmother, peering at Yeh-hsien.
"She looks a little like Yeh-hsien," said the stepsister, with a puzzled frown.

Yeh-hsien üzerindeki bakışların gücünü hissetti ve başını çevirdi ve kendini üvey annesi ile yüz yüze buldu. Kalbi dondu ve tebessümü kayboldu.
Yeh-hsien o kadar hızlı kaçtı ki ayakkabılarından biri ayağından çıktı. Ama durup almayı cesaret edemedi ve eve kadar bir ayağı çıplak koştu.

Yeh-hsien felt the force of their stares and turned around, and found herself face to face with her stepmother. Her heart froze and her smile fell.
Yeh-hsien fled in such a hurry that one of her shoes slipped from her foot. But she dared not stop to pick it up, and she ran all the way home with one foot bare.

Üvey anne eve döndüğünde Yeh-hsien'i, bir kolu bahçedeki ağaçlardan birine sarılmış halde uyurken buldu. Bir süre üvey kızına baktı ve sonra kıkırdadı: "Ha! Şölendeki kadının sen olabileceğini nasıl düşünebildim? Ne saçma!" Ve bu konuyu bir daha hiç düşünmedi.

Peki altın ayakkabıya ne oldu? Uzun otların arasında saklı duruyordu, yağmurla yıkanmıştı ve üstüne boncuk boncuk çiy düşmüştü.

When the stepmother returned home, she found Yeh-hsien asleep, with her arms around one of the trees in the garden. For some time she stared at her stepdaughter, then she gave a snort of laughter. "Huh! How could I ever have imagined *you* were the woman at the festival? Ridiculous!" So she thought no more about it.

And what had happened to the golden shoe? It lay hidden in the long grass, washed by rain and beaded by dew.

Sabahleyin, genç bir adam siste yürüyordu. Altının parıltısı gözüne çarptı. "Bu da ne?" dedi ayakkabıyı alarak, "…özel birşey." Adam ayakkabıyı aldı ve yakındaki To'han adasına götürerek krala takdim etti.

"Bu ayakkabı mükemmel bir şey," diye hayret etti kral, elindeki ayakkabıya bakarak. "Ayağı bu ayakkabıya sığacak olan kadını bulursam, kendime bir eş bulmuş olacağım." Kral evindeki bütün kadınların ayakkabıyı denemesini emretti, ama en küçük ayağa bile iki santimetre küçük geldi. "Bütün krallığı arayacağım," diye yemin etti. Ama hiçbir ayağa uymadı.
"Bu ayakkabıyı giyebilen kadını bulmalıyım," diye beyan etti kral. "Ama nasıl?"
Sonunda aklına bir fikir geldi.

In the morning, a young man strolled through the mist. The glitter of gold caught his eye. "What's this?" he gasped, picking up the shoe, "…something special." The man took the shoe to the neighbouring island, To'han, and presented it to the king.

"This slipper is exquisite," marvelled the king, turning it over in his hands. "If I can find the woman who fits such a shoe, I will have found a wife." The king ordered all the women in his household to try on the shoe, but it was an inch too small for even the smallest foot. "I'll search the whole kingdom," he vowed. But not one foot fitted. "I must find the woman who fits this shoe," the king declared. "But how?"
At last an idea came to him.

Kral ve yardımcıları ayakkabıyı yol kenarına bıraktı. Sonra saklanıp kimin gelip gittiğini gözlemlemeye başladılar.

Yırtık elbiseler giyen bir kız ayakkabıyı alınca kralın adamları onu bir hırsız sandılar. Ama kral kızın ayaklarına bakıyordu. "Takip edin onu," dedi sessizce.

Kralın adamları, Yeh-hsien'nin kapısına vurup bağırarak, "Açın kapıyı!" dediler. Kral en iç odalara kadar aradı ve Yeh-hsien'i buldu. Elinde altın ayakkabı vardı. "Lütfen," dedi kral, "giyebilirmisin."

The king and his servants placed the shoe by the wayside. Then they hid and watched to see if anyone would come to claim it.
When a ragged girl stole away with the shoe the king's men thought her a thief.
But the king was staring at her feet.
"Follow her," he said quietly.

"Open up!" the king's men hollered as they hammered at Yeh-hsien's door.
The king searched the innermost rooms, and found Yeh-hsien.
In her hand was the golden shoe.
"Please," said the king, "put it on."

Üvey anne ile üvey kardeşi saklanma köşesine giden Yeh-hsien'i ağızları açık izlediler. Geri döndüğünde üstünde tüylerden yapılmış pelerini ve her iki altın ayakkabısı vardı. Cennetten gelmiş bir varlık kadar güzeldi. Ve kral aşkını bulduğunu biliyordu.

Ve Yeh-hsien kral ile evlendi. Fenerler ve bayraklar, davullar ve gonglar ve en lezzetli yiyecekler vardı. Kutlamalar yedi gün boyunca devam etti.

The stepmother and stepsister watched with mouths agape as Yeh-hsien went to her hiding place. She returned wearing her cloak of feathers and both her golden shoes. She was as beautiful as a heavenly being. And the king knew that he had found his love.

And so Yeh-hsien married the king. There were lanterns and banners, gongs and drums, and the most delicious delicacies.
The celebrations lasted for seven days.

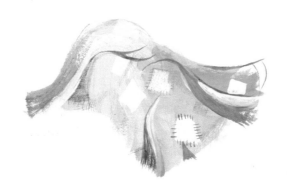

Yeh-hsien ve kralı isteyebilecekleri herşeye sahiptiler. Bir gece balığın kemiklerini deniz kenarında, gelgitin onları uzaklaştırabileceği bir yere gömdüler.

Balığın ruhu artık özgürdü; güneşin vurduğu sularda sonsuza dek yüzecekti.

Yeh-hsien and her king had everything they could possibly wish for. One night they buried the fish bones down by the sea-shore where they were washed away by the tide.

The spirit of the fish was free: to swim in sun-sparkled seas forever.